心里满了,就从口中溢出

# 万物有诗篇

Věneček
Jaroslav Seifert
Adolf Zábranský

［捷克］雅罗斯拉夫·赛弗尔特 等 —— 著
［捷克］阿道夫·泽布兰斯基 —— 绘
王炜涛 金誉安 —— 译

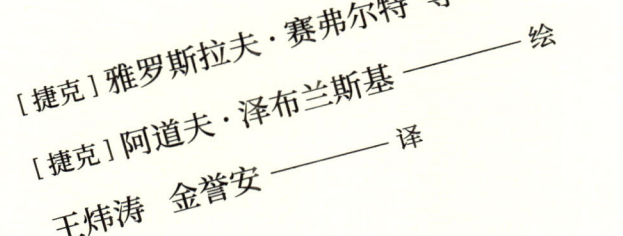

## 小花环

抓把雏菊,
抓把勿忘草,
小花环精心编好。
送给谁才好?
妈妈对我最重要。

拉吉斯拉夫·斯特赫利克

## 噔噔噔

噔噔噔,迈着步,
寻着了五个小菌子。

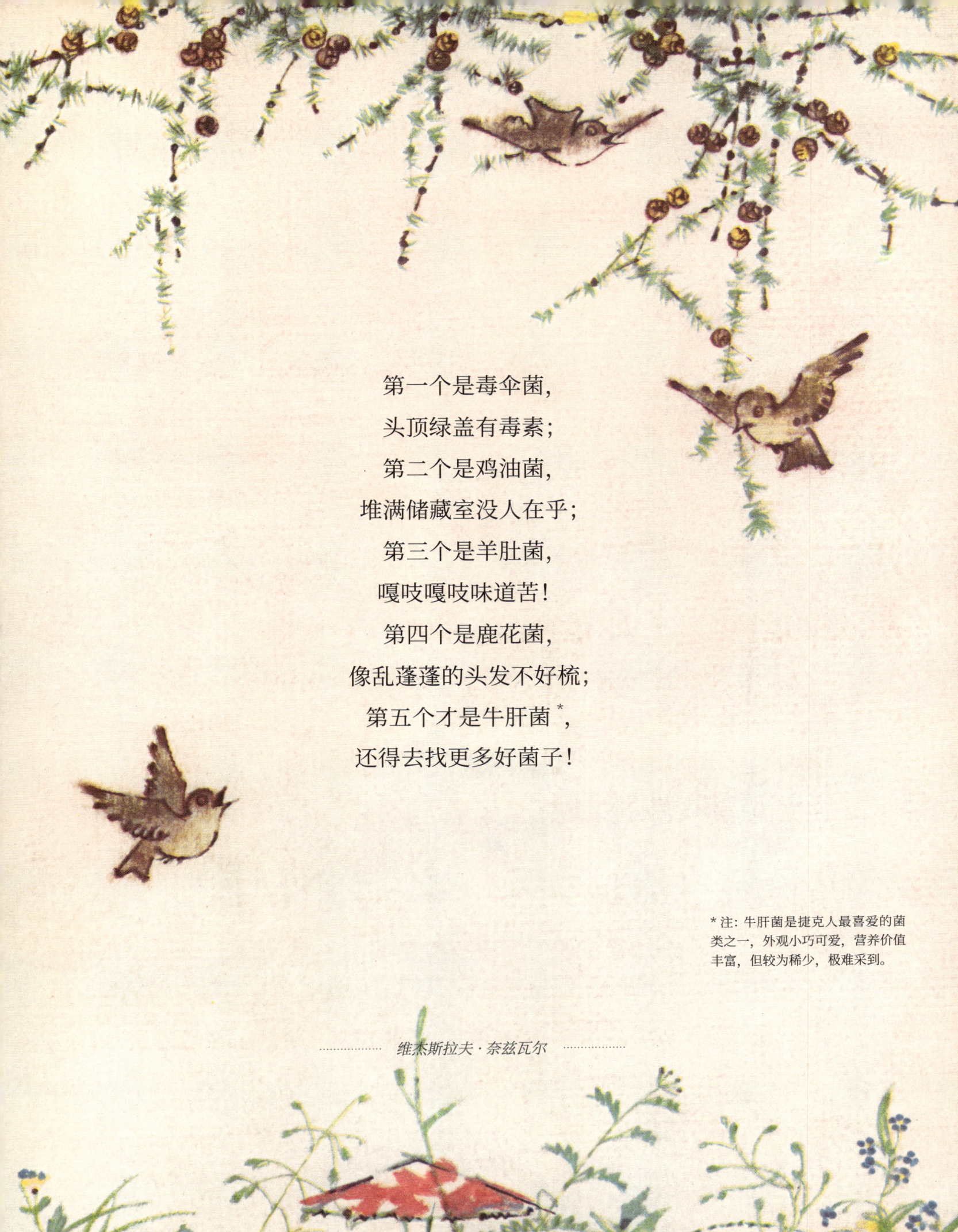

第一个是毒伞菌，

头顶绿盖有毒素；

第二个是鸡油菌，

堆满储藏室没人在乎；

第三个是羊肚菌，

嘎吱嘎吱味道苦！

第四个是鹿花菌，

像乱蓬蓬的头发不好梳；

第五个才是牛肝菌[*]，

还得去找更多好菌子！

[*] 注：牛肝菌是捷克人最喜爱的菌类之一，外观小巧可爱，营养价值丰富，但较为稀少，极难采到。

维杰斯拉夫·奈兹瓦尔

# 在泉水边

无论冬还是夏,
泉水的歌声都不停下。

泉水啊,为我唱支歌。
啦啦,啦啦,听到了吗?

小鹅晃晃荡荡,
漫步春天的草地上。

若从高处望,
像一只只拖鞋在闲逛。

动听的话儿
我对着泉水说了又说,
才有了泉边歌舞热闹
日夜不歇。

露水沾湿小鹅的羽毛,
女孩在不远处欢笑。

她的裙摆兜一兜,
兜起团团黄花似珠宝。

雅罗斯拉夫·赛弗尔特

# 蚊 子

老蚊子一时兴起,
晚上把大家召集:

"我要飞到水里,
为你们吹一曲长笛。"

他演唱,声低吟,
他吹笛,嗡嗡鸣,
蚊群绕圈,起舞翩翩。

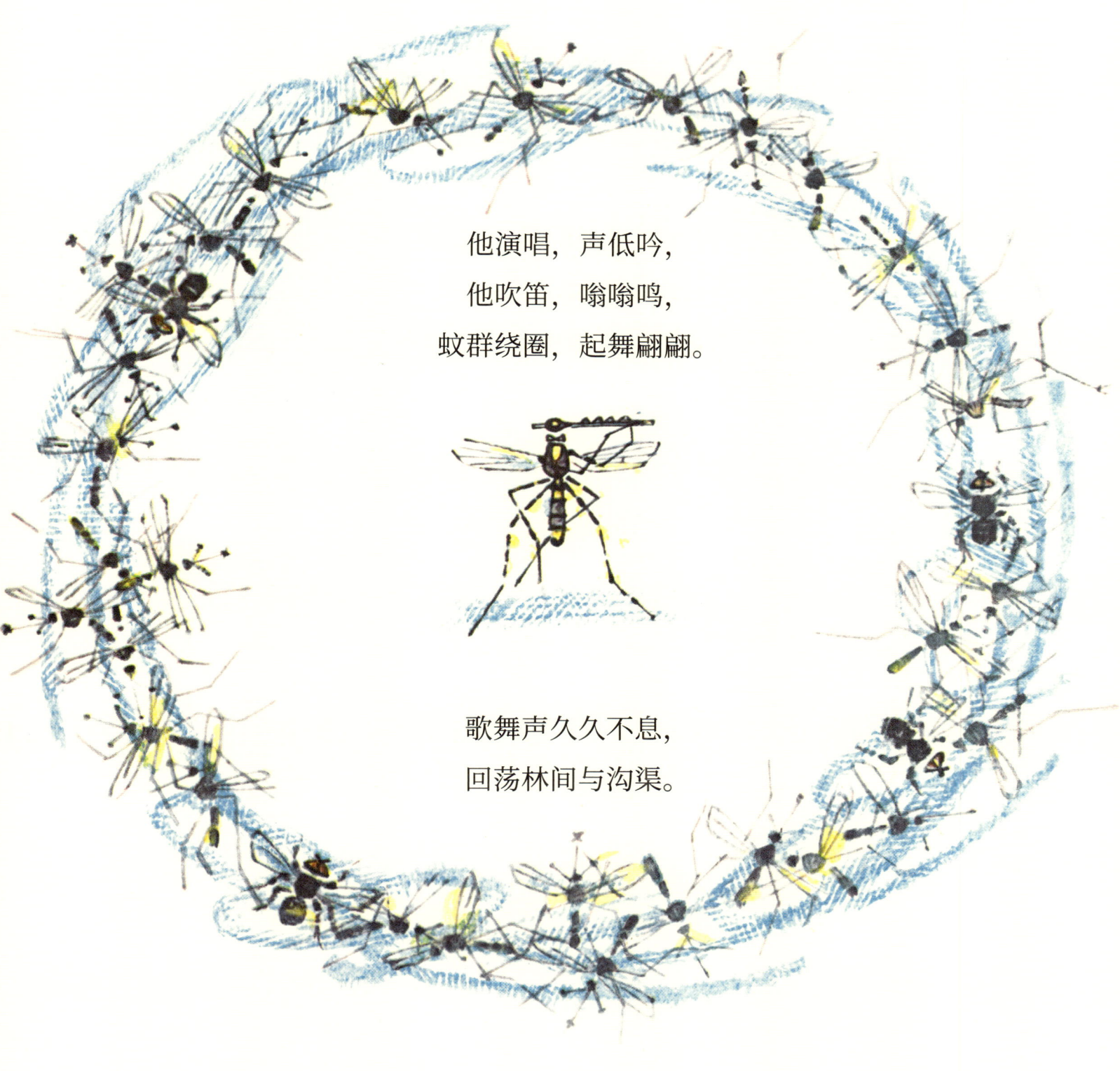

歌舞声久久不息,
回荡林间与沟渠。

弗朗基谢克·布拉尼斯拉夫

## 春天草地之歌

没等镰刀刈平草地，
歌声已响起。
新摘花朵编成花环，
戴上作发圈。

看，那儿开着雏菊，
石竹，还有红芒柄。
红芒柄花带着棘，
刺破手掌流血滴。

白雪般的雏菊，
仰望日光和煦。
蜜蜂的一吻难拒，
过后却飞往别处去。

趁花儿还没被镰刀带起，
迎着晨曦，
露水莹莹，
插进罐中，香气馥郁。

雅罗斯拉夫·赛弗尔特

# 大 鹅

像所有的妈妈一样,
大鹅坐在小鹅边上,
深深地把孩子盼望:

亲爱的宝贝,
你们将要去何方!
大鹅羽毛白得像雪,
小鹅黄黄好似金豆。

雅罗斯拉夫·赛弗尔特

# 小读者

小伊万,学认字,
不放过书里每页纸。

"快啦,快啦,好妈妈,
我很快就能读得像爸爸。"

——扬·阿尔达

## 看哪，马儿跑来啦

看哪，马儿跑来啦，
　似烈焰，似火花，
跟着它们向前冲吧，
　套上马鞍，嗒嗒嗒！

弗朗基谢克·哈拉斯

从瓦拉赫*飞奔而来,
纵身一跃到这纸上,
只为展现英姿飒爽。
瞧瞧,多么得意扬扬!

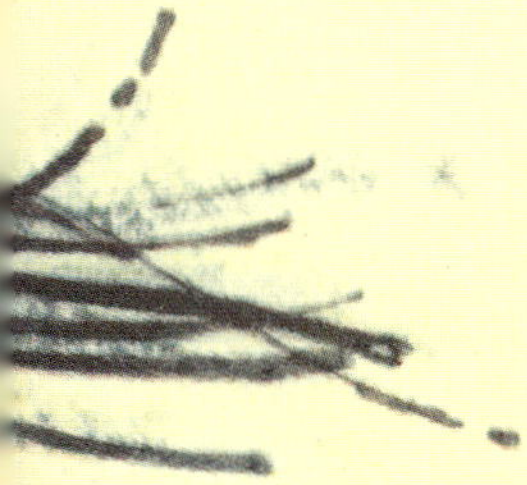

马儿挥蹄,双耳竖立。
如三月兔*步履匆忙。
只等勇士跃上马背,
为他的公主奔赴远方。

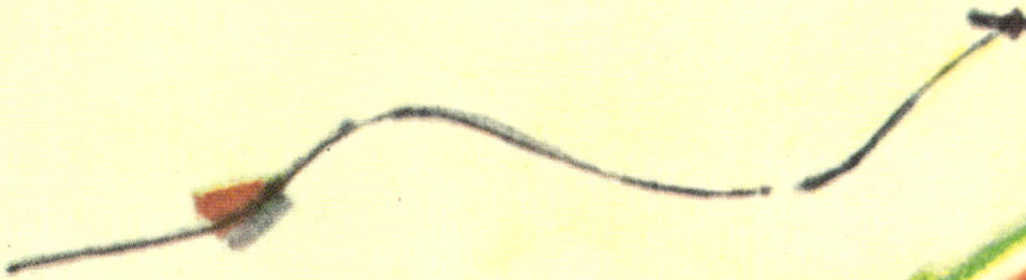

*注:瓦拉赫(Valachů),捷克东部摩拉维亚地区的一片著名沼泽。

*注:三月的野兔正值繁殖期,行动会异常活跃,因此在欧洲文化中,"三月兔"常被赋予"疯狂"或"躁动"的含义。

## 在雨里

雨滴吧嗒,淋湿书上的字母,
雨滴啪嗒,裙子上开满小花。
雨滴怎会让溪水哗哗流走?
在水面点出孔雀眼眸*。

\*注:孔雀眼眸,是对孔雀尾羽上的眼状图案的诗意想象。雨滴在水面轻点,漾出层层小圈,如同孔雀尾羽上的眼状图案。

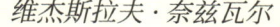

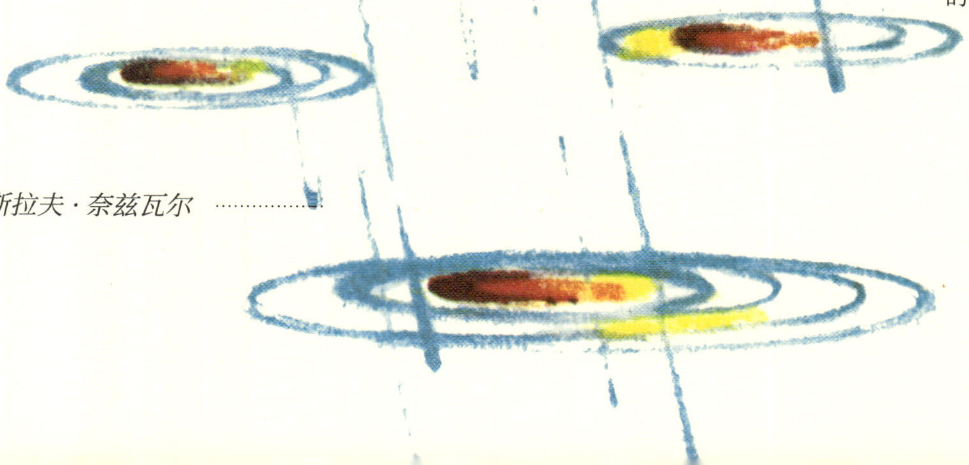

维杰斯拉夫·奈兹瓦尔

# 欧 鸽

没有谁那么气宇轩昂,
像鸽子一样——

脖子鼓鼓,
啼声咕咕。

弗朗基谢克·布拉尼斯拉夫

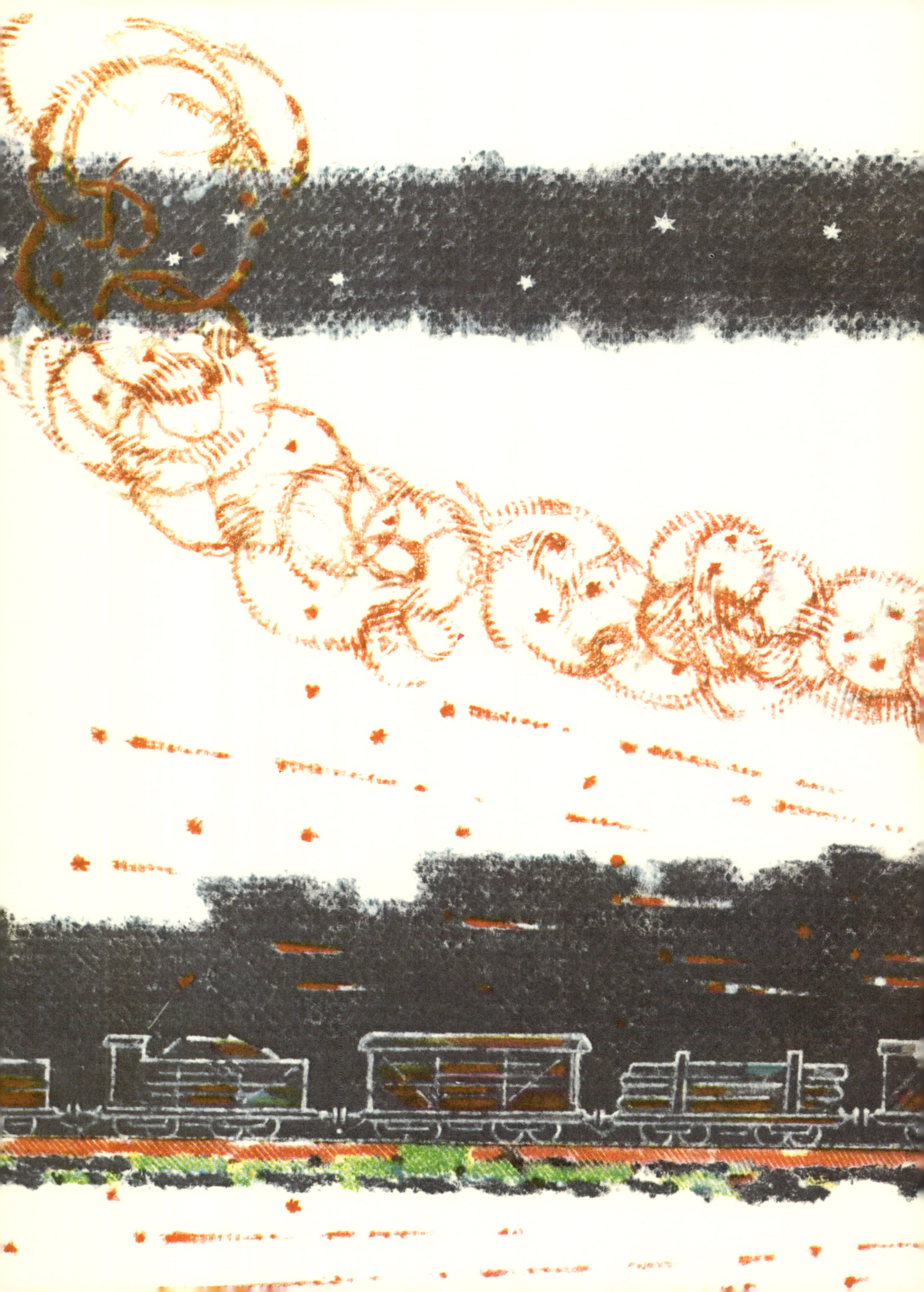

# 夜里的火车

长长的火车彻夜穿行，
　头顶腾起烟云轰鸣。

长长的火车彻夜奔行，
　放眼望去，煤炭齐齐。

煤炭齐齐，一览无余，
还有冷杉、云杉、松树堆集。

木材不语，安宁睡去，
　仍有树脂，香气扑鼻。

静寂的夜里历历鲜明，
长长的火车彻夜穿行。

……………… 奥德什赫·西罗瓦特卡 ………………

## 一二三……

一二三个小朋友,
跟我一起走。
走去磨坊,
绕过篱墙,
野甘菊攀在篱墙上。
走过草地,
去看鸢尾,
鸢尾花开在花园里。
我们要去远方
城堡里探险,
值守的金蛇打开大门,
将我们迎接。
一二三个小朋友,
跟我一起走!

维杰斯拉夫·奈兹瓦尔

## 睡前对话

爸爸，爸爸，你还不知道吧，
你听了也会发笑：
草地上有只乌鸫鸟，
鞋带系得乱糟糟，
不一会儿全散啦。
乌鸫鸟把鞋带扯得松垮，
还将它一口吞下！

傻瓜，傻瓜，
上哪儿去找新鞋带呢？

不是鞋带是蚯蚓，
这你早就知道呀！
等着看，先睡吧，
明早我们再观察！

弗朗基谢克·哈拉斯

# 三叶草

三叶草，三叶草，
三叶草该去哪里找？

三叶草找不着，奶牛吃不饱，
你就再也尝不到牛奶的好。

弗朗基谢克·赫鲁宾

# 百里香的话

我在叶下悄悄躲藏,
蟋蟀吱吱吱演奏忙。
听啊,那美妙乐声,
比哪位音乐家都强。

我们俩默契非常,
 他演奏,我出香。
他奏着曲子神采飞扬,
我香味弥漫四下芬芳。

这里芬芳,那里悠扬。
孩子们,这欢乐绵长!

弗朗基谢克·赫鲁宾

## 生病啦

啄木鸟先生，啄木鸟先生，
我们的桦树得看医生！
看看树干吧，啄木鸟先生！
春天来了它却提不起精神：
什么在作怪？好疼，好疼。

啄木鸟先生飞来问诊，
孩子们不再慌了心神。
哪里疼？这里疼——
尖嘴一啄，妙手回春！

每日服下阳光一剂，
沐浴微风活动身体。
待到鸟儿筑巢安居，
便能听见呢喃许许。

兹德涅克·克里贝尔

# 蜻 蜓

蓝蓝的针线,缝着空气忙,
　在芦苇上,靠近牛蒡。

长长的针线,穿梭我身旁,
　像要把天地都缝上。

扑扇的翅膀,线网中缠绕,
　针眼和线头,哪儿能找到?

系个扣,打个结,绕个圈儿,
　缝着空气,一如往常。

兹德涅克·克里贝尔

## 虞美人

出门去采美人花，
送给我的洋娃娃。
虞美人，似火花，
真想快点带回家！

弗朗基谢克·赫鲁宾

## 颠倒的世界

月亮对狗汪汪叫，
烟雾爬进烟囱口，
帽子摘下脑袋，
懒人干活忙，
水被水沾湿，
盐把盐腌咸，
身体跟着影子走，
小猪长出翅膀一双，
细线挺起肚皮圆圆。

安静！——孩子们，安静！
什么？没见过？
才用钢笔画出来！

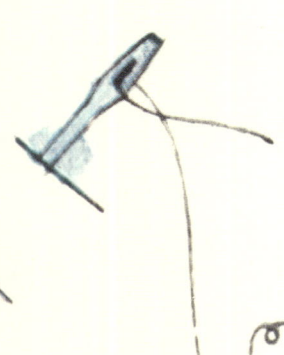

弗朗基谢克·哈拉斯

# 一起玩球

小球,小球,
你是谁的球?

现在我已不属于谁,
大家一起把我拥有。
就像蝴蝶四处飞舞,
就像耳边清风悠悠。

弗朗基谢克·赫鲁宾

## 新童谣

嘟嘟嘟,小汽车,
当心泥巴好好开车,
别让它给你染颜色!

嘟嘟嘟,小汽车,
柏油马路多宽阔。
轰隆隆,小飞机,
空中穿梭不停一刻。

呜呜呜,小轮船,
轰鸣响亮像首歌,
湖泊大海都驶过!

弗朗基谢克·赫鲁宾

## 水面图景

孩子们急匆匆跑去哪里?
教堂倒啦,和塔楼一起。

塔楼倒下,落在哪里?
落在河面,明亮清晰。
塔尖朝下,倒影依稀,
引得男孩儿纷纷游去。

什么事情那么惊奇,
惹河水笑得皱起涟漪?
是孩子们齐心协力,
想把教堂和塔楼捞起。

孩子们,别白费力气,
除非等到河流旱期。

弗朗基谢克·布拉尼斯拉夫

# 蓍草[*]

一只蚂蚁在奔跑,
年纪轻轻气力好。
过草地去蚁丘报到,
哪条小路又快又好?

一步一步爬上蓍草,
答案就会渐渐明了。

一只蚂蚁爬上蓍草,
脚踩花枝当作步道。
一鼓作气不肯歇脚,
登上花顶欣喜远眺。

看哪,看哪!
还有什么看不到?
整个世界将他环绕。

[*] 蓍(shī)草:菊科多年生草本植物,茎直立,高 40~100 厘米。

扬·恰雷克

## 蜗 牛

好奇姑娘阿伦卡,
看见什么都惊讶,
路过的蜗牛吸引了她。

"妈妈,好妈妈,
开过去的是什么?
蚂蚁也要坐大巴?"

大家笑呀,笑好奇的阿伦卡。

约瑟夫·凯纳尔

## 母 鹿

母鹿漫步林间空地，
时刻警惕，小心翼翼。

扬·恰雷克

灌木丛中吃得满足,
月下草地静静漫步,
满月的夜里,银辉遍地,
照见小鹿圆圆肚皮。

## 稻草人

被大大的脑袋吸引，
小偷和野兔悄悄靠近。

我为吓跑坏蛋，
独自站在地里，
你们竟然不识，
如此飒爽英姿？

拉吉斯拉夫·斯特赫利克

# 啄木鸟调度员

树林里的啄木鸟,
打着小盹儿犯迷糊,
不一会儿就睡熟,梦见
在车站指挥调度。
他头脑转得飞快,
戴一顶红帽真醒目。

这顶小红帽,
最叫他欢喜。
啄木鸟不忘调度,
绕着车站,来回踱步。
火车成排,塞满铁路,
听他指挥,毫不含糊。
见到红帽,放慢速度,
致敬示意再开往远处。

扬·恰雷克

# 日 落

开饭啦，小哈娜，
别等肚皮叫咕咕。
小宝宝，快回家。瞧，
太阳也从花园溜走啦！

好吧，其实还不想回家。
肚皮怎会叫咕咕？
只要太阳一落下，
天色就把巧克力灌满我家。

弗朗基谢克·赫鲁宾

# 小青蛙

草甸的夜晚香香，
割下的干草躺一旁。
黑暗中等待别慌张，
听我为月亮歌唱。

蜻蜓挥动翅膀，
从金莲花飞到泉眼上。
没等蛇儿游到身旁，
我已在睡莲上等着亮嗓。

拉吉斯拉夫·斯特赫利克

# 蜜 蜂

蜜蜂，蜜蜂，
你要飞去哪里？
刚刚离开三叶草，
又往菊苣那儿去啦。
一朵花，
又一朵花。

"给我一点蜜吧，好蓟花！"
"不给，蜜蜂，别想啦！"

"拜托啦，给我吧，
在我眼皮底下，
你可藏不住蜜呀。"

"不给，蜜蜂，别想啦！"
但好心的她还是答应了。

翅膀扇动呼啦呼啦，
蜜蜂飞去下一家。

伊日·瓦茨拉夫·斯沃博达

## 睡 觉

羊儿散步,沿着小道,
　该是时候,闭眼睡觉。
现在他们不再走动,
　我们也得静悄悄。

爸爸,羊儿为什么不散步啦?

最小的那只曾经掉队,
　脖子上系着小小铃铛。
她停下脚步,铃铛不摇,
　其实是为了不打扰你睡觉。

米罗斯拉夫·弗洛里安

# 铃 兰

在森林里,在草地上,
白色铃兰静静睡着。

满身铃铛,一个不响,
香气飘到遥远地方。

弗朗基谢克·赫鲁宾

### 覆盆子

放假啦,放假啦,
小汤达去采覆盆子。

采来满满一大罐,
在井边吃撑了肚子。

带回家一个
只剩露水的空罐子。

米罗斯拉夫·弗洛里安

## 小狗和月亮

小狗坐在小屋前,
睁大眼睛望月亮,
扯开嗓子汪汪汪。

人人都对小狗说,
你的歌声太嘹亮,
本该让人心欢畅,
却唱得大伙儿头皮痒。

扬·阿尔达

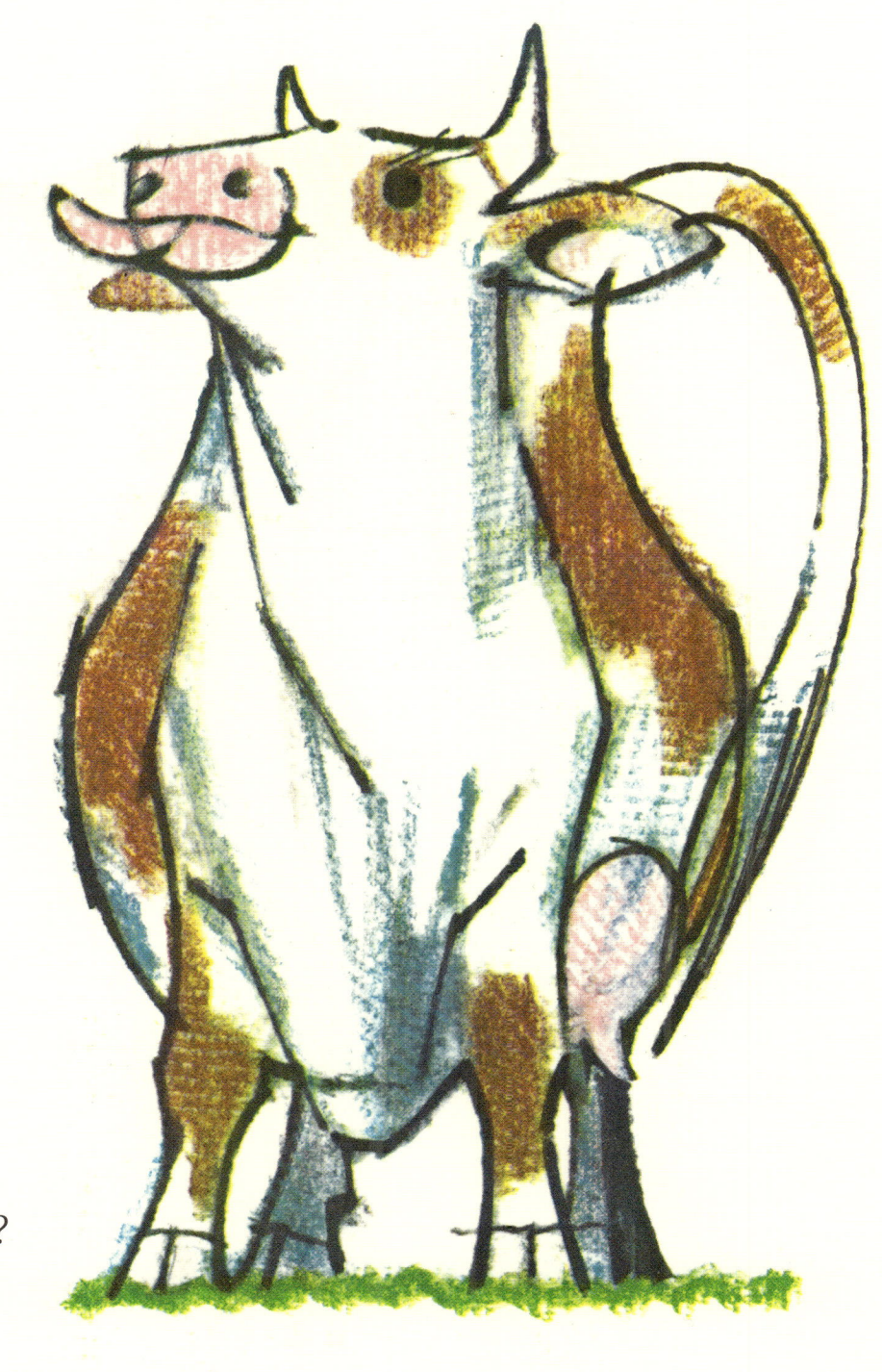

## 小故事

寒风呼呼,
　小草花冻得直哭,
　　拿什么来挡风?
　哪来的黏土帽,扣在头顶上?
　是鼹鼠捏了帽子给她戴。

散步的牛儿看见,喃喃道:
　"我可不能输给鼹鼠。"
　从那时起,直至今日,
　小草花再也不缺帽子。

弗朗基谢克·哈拉斯

# 绿色的刺猬*

秋日天高风凉爽,
磨磨蹭蹭上学路上,
脚步稳稳,心却发慌。

小路两旁树叶间,
有绿色的刺猬躲藏,
呼噜呼噜睡得香,
可难讲,到底肚子朝上还是背朝上?

\*注:指未脱去刺壳的板栗。

拉吉斯拉夫·德沃夏克

## 雪人和乌鸦

寒风中有只小乌鸦,
围着雪人呱呱呱。

"我的农庄好主人家,
谁来这儿给你做饭呀?"

"今天跟大雪借面粉,
揉在草地上滚一滚。"

"田野里冻茎抓一捆,
抖一抖,盐巴纷纷。"

"等待夜晚悄然来到,
再把月亮切成薄片。"

乌鸦心事一叠叠,
飞过山坡不停歇。

说起雪人滔滔不绝,
呱呱呱老远就听见。

弗朗基谢克·布拉尼斯拉夫

# 刨 花

刨花,看到了吧,是刨花,
　我在前面刨着木板,
　它在身后纷纷落下,
　像金丝带扭呀扭呀。

你来看看就会知道,
　我的工作多么美妙。
　在木板上滑,滑,滑,
　就和在溜冰场一个样哪。

扬·恰雷克

# 檐上冰凌

冰凌为何高高挂起?问了一圈没得回音。
可能想等太阳升起,舔上一口过过嘴瘾。

弗朗基谢克·哈拉斯

# 逃跑的小羊

跑出一只毛茸茸的小羊来，
在公园、街道、屋顶闲逛。
星星挂在脖子上作铃铛，
叮叮当当，是呼唤回家的声响。

跑出第二只羊、第三只羊、第五只羊……
羊群把天空塞得满满当当。
牧羊人正赶来，别慌张！
他的大衣明晃晃，照得羊毛发亮。

牧羊人在做什么？羊群中散步。
他不急也不慌，天亮才赶羊。
好奇的牧羊人哪——
将手指伸进每个水塘，细细端详。

*兹德涅克·克里贝尔*

| | |
|---|---|
| 小花环 | 拉吉斯拉夫·斯特赫利克 *Ladislav Stehlík* |
| 噔噔噔 | 维杰斯拉夫·奈兹瓦尔 *Vítězslav Nezval* |
| 在泉水边 | 雅罗斯拉夫·赛弗尔特 *Jaroslav Seifert* |
| 蚊子 | 弗朗基谢克·布拉尼斯拉夫 *František Branislav* |
| 春天草地之歌 | 雅罗斯拉夫·赛弗尔特 *Jaroslav Seifert* |
| 大鹅 | 雅罗斯拉夫·赛弗尔特 *Jaroslav Seifert* |
| 小读者 | 扬·阿尔达 *Jan Alda* |
| 看哪，马儿跑来啦 | 弗朗基谢克·哈拉斯 *František Halas* |
| 在雨里 | 维杰斯拉夫·奈兹瓦尔 *Vítězslav Nezval* |
| 欧鸽 | 弗朗基谢克·布拉尼斯拉夫 *František Branislav* |
| 夜里的火车 | 奥德什赫·西罗瓦特卡 *Oldřich Syrovátka* |
| 一二三…… | 维杰斯拉夫·奈兹瓦尔 *Vítězslav Nezval* |
| 睡前对话 | 弗朗基谢克·哈拉斯 *František Halas* |
| 三叶草 | 弗朗基谢克·赫鲁宾 *František Hrubín* |
| 百里香的话 | 弗朗基谢克·赫鲁宾 *František Hrubín* |
| 生病啦 | 兹德涅克·克里贝尔 *Zdeněk Kriebel* |
| 蜻蜓 | 兹德涅克·克里贝尔 *Zdeněk Kriebel* |
| 虞美人 | 弗朗基谢克·赫鲁宾 *František Hrubín* |
| 颠倒的世界 | 弗朗基谢克·哈拉斯 *František Halas* |
| 一起玩球 | 弗朗基谢克·赫鲁宾 *František Hrubín* |

| | |
|---|---|
| 新童谣 | 弗朗基谢克·赫鲁宾 František Hrubín |
| 水面图景 | 弗朗基谢克·布拉尼斯拉夫 František Branislav |
| 菖草 | 扬·恰雷克 Jan Čarek |
| 蜗牛 | 约瑟夫·凯纳尔 Josef Kainar |
| 母鹿 | 扬·恰雷克 Jan Čarek |
| 稻草人 | 拉吉斯拉夫·斯特赫利克 Ladislav Stehlík |
| 调度员啄木鸟 | 扬·恰雷克 Jan Čarek |
| 日落 | 弗朗基谢克·赫鲁宾 František Hrubín |
| 小青蛙 | 拉吉斯拉夫·斯特赫利克 Ladislav Stehlík |
| 蜜蜂 | 伊日·瓦茨拉夫·斯沃博达 Jiří V. Svoboda |
| 睡觉 | 米罗斯拉夫·弗洛里安 Miroslav Florian |
| 铃兰 | 弗朗基谢克·赫鲁宾 František Hrubín |
| 覆盆子 | 米罗斯拉夫·弗洛里安 Miroslav Florian |
| 小狗和月亮 | 扬·阿尔达 Jan Alda |
| 小故事 | 弗朗基谢克·哈拉斯 František Halas |
| 绿色的刺猬 | 拉吉斯拉夫·德沃夏克 Ladislav Dvořák |
| 雪人和乌鸦 | 弗朗基谢克·布拉尼斯拉夫 František Branislav |
| 刨花 | 扬·恰雷克 Jan Čarek |
| 檐上冰凌 | 弗朗基谢克·哈拉斯 František Halas |
| 逃跑的小羊 | 兹德涅克·克里贝尔 Zdeněk Kriebel |

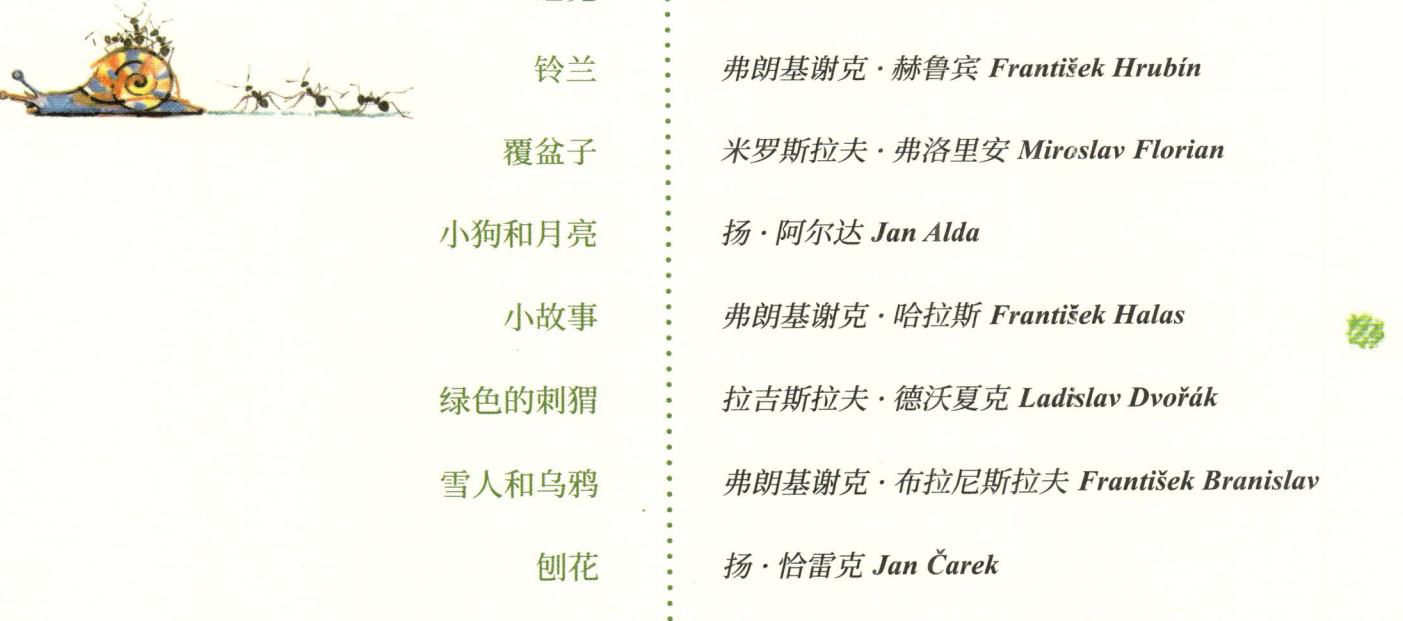

(Adolf Zábranský, 1909.11.29—1981.8.9)

# 阿道夫·泽布兰斯基

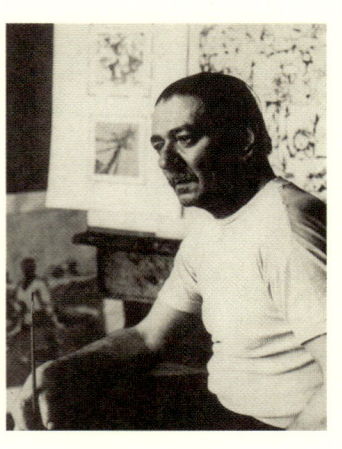

捷克画家、漫画家、插画师和壁画创作者。

## 画家生平

1909年11月29日，阿道夫·泽布兰斯基出生在奥匈帝国摩拉维亚东北部伊钦（Jičín）小镇的一个村庄里，那里风景如画。他是家中第三个孩子，父亲是乡村教师、爱国社团的召集人和赤诚的民族主义者。在泽布兰斯基刚进学堂的年纪，适逢第一次世界大战爆发，父亲应征被派往前线，家中生活变得窘迫，母亲常使唤他和姐姐去邻近乡村的农户家里买牛奶或土豆。这段岁月让未来的画家目睹了乡村孩童的趣味游戏：秋日田野上燃起的白烟，春天可爱的小鹅们由牧鹅女和鹅妈妈领着蹚入溪流和池塘，黄色绒毛的小鹅让他联想到毛茸茸的羔羊，草甸里女孩们用七彩鲜花编扎起一个个花环……诗意的场景深深地刻进了这个乡村男孩的记忆。战时岁月尽管艰难，但大自然的旖旎风光，小伙伴们无忧无虑的嬉戏，母亲温暖的手掌，都滋润着他幼小的心灵。父亲从战场归来不久，慈爱的母亲不幸病逝，那一年泽布兰斯基才十二岁。

1929年他前往布拉格应用艺术学校（Umělecko-průmyslová škola v Praze），师从弗兰基谢克·基塞拉（Františka Kysely）研习绘画，三年后考入捷克斯洛伐克美术学院（Akademie výtvarných umění v Praze）。威利·诺瓦克（Willi Nowak）教授的专业点拨让他获益匪浅，让他学会了如何在插画、海报和纪念作品中运用装饰性元素，并融入自己的艺术思维和感觉。1935年毕业后，他的兴趣转向插画和海报设计。最初他醉心于自由创作，以乡村为主题并辅以人物图案。20世纪30年代末，他专注于插画，为儿童文学读物绘制插图。1942年，他成为马内斯艺术家协会（SVU Mánes）成员，六年后加入捷克斯洛伐克艺术家协会（Seznam uměleckých spolků v Československu a Česku）。

除插画、海报设计外，他还参与了捷克社会主义时期现实主义元素的大型装饰设计，例如他在布拉格赫尔岑宫（Hrzánský palác）和莱德堡花园（Ledeburské zahrady）留下的装饰性壁画，因其不凡的纪念性意义而成为不朽之作，广为人知。

20世纪40年代末，阿道夫·泽布兰斯基已是一位成熟的画家和插画家。这一时期，他以捷克民族历史为主题的具有里程碑意义的纪念性作品包括：《胡斯运动》（Doba husitská)、《农民风暴》(Selské bouře)等。受画家马内斯（J. Mánesa）和阿列什（M. Aleš）的影响，他的作品呈现出令人难以置信的多面性，如同一块打磨过的石头，每一面都折射出艺术的本质、生活的真相和时代的真相，因而透出石英般的硬度和质感。

泽布兰斯基的创作成就集中体现在他的插画艺术作品中。巅峰之作是他为捷克女作家聂姆佐娃（Božena Němcová）的童话故事绘制的插图，他为此投入十五年时间，可惜这本童话书在 1982 年由信天翁出版社（Nakladatelství Albatros）推出面世时，画家未被提及。

1959 年，泽布兰斯基被授予捷克斯洛伐克"功勋艺术家"称号；1970 年获得"民族艺术家"美誉。他独特的插画艺术同样在国际上得到认可，屡获大奖。

1981 年 8 月 9 日，泽布兰斯基在布拉格去世，安葬于首都维谢赫拉德名人墓（Vyšehrad-ský hřbitov a Slavín）。

2009 年，泽布兰斯基百年诞辰之际，他的作品展在故乡举办。同年，家乡的一所小学以这位艺术家的名字命名。

## 艺术特色

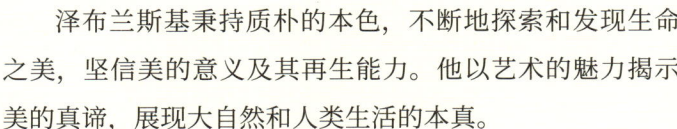

泽布兰斯基秉持质朴的本色，不断地探索和发现生命之美，坚信美的意义及其再生能力。他以艺术的魅力揭示美的真谛，展现大自然和人类生活的本真。

阿道夫·泽布兰斯基是怎样的一位艺术家？

回答这个问题并不难，艺术家的人格被他身后作品的光芒照亮，因为他的个性贯穿整个创作生涯。他善良朴实，时常面带笑意，醉心于花草虫鸟、河畔的芦苇和林间松针散发的气味。他热爱人类，爱自小就熟悉的各类动物：马、牛、山羊、猫、狗、鸡、鹅和鸭——猫是他的至爱。读者在他的童书绘本中还会看到老鼠和蝙蝠。他与那些小生命有着特殊的默契，按捺不住要描绘出来与读者分享。20 世纪 50 年代，泽布兰斯基回到萨扎瓦（Sázava）河畔的小屋，在那里生活到生命的尽头。在故乡的怀抱里，他不知疲倦地创作了无数作品，为我们留下丰厚的精神遗产。

他的作品中，对大自然的一往情深尤为突出，特别是在儿童插画中。他笔下的每一只小动物都是欢快的，即便有些看似严肃，但那拟人化的表情也逗人发笑。泽布兰斯基性格幽默，和蔼谦虚，充满对人性的包容和理解。这一点对于艺术创作至关重要。他的作品中蕴含着戏谑，却不破坏思想的严肃性，他独有的"温润式批评"不裹挟伤害。

批判性是泽布兰斯基个性和思想的最具特色的组成部分。他的第一个批评对象就是自己的创作，在这一点上，他甚至是苛刻的。他的每一幅作品都意味着几十次素描、草图、构思和设计样稿的尝试。对其他艺术家的创作，他会从其专业性、意识形态背景、社会应用以及当前创意需求等角度，提出实事求是的评判和饱含善意的建议。

高雅精致和深沉朴素在泽布兰斯基毕生的创作中是辩证统一的。他热爱民歌，热爱雅纳切克音乐，热爱当代诗歌以及女作家聂姆佐娃优美简洁的文字。他洞悉当今世界的复杂关系并能敏锐地驾驭它，遁入不会混淆黑白的童话或故事世界里。这位才艺精湛、学养深厚的艺术家，还擅长吸纳最前沿的思潮，并毫不含糊地与之站在一边。也许这是破译他作品内涵的钥匙。"他"就蕴含在他自己的作品中，而他的作品就是他的传记。

徐伟珠
（北京外国语大学捷克语专业副教授，捷克语翻译家）
2020 年 2 月整理于北京

图书在版编目（CIP）数据

万物有诗篇 /（捷克）雅罗斯拉夫·赛弗尔特等著；
（捷克）阿道夫·泽布兰斯基绘；王炜涛，金誉安译 .
广州：广东人民出版社，2025.4. -- ISBN 978-7-218-18011-3

Ⅰ . I524.82

中国国家版本馆 CIP 数据核字第 2024LA5178 号

Věneček veršů z české poezie pro děti
Illustration© Adolf Zábranský - heirs c/o DILIA.
Text©Jan Alda;Ladislav Dvořák;Miroslav Florian;František Hrubín;Josef Kainar;Zdeněk Kriebel;Vítězslav Nezval;Jaroslav Siefert;Ladislav Stehlík;Jiří V. Svoboda;Oldřich Syrovátka-heirs c/o DILIA, 1972
Arranged through Jiaxibooks Co. Ltd.
Simplified Chinese Rights©Pan Press Ltd. 2025

WANWU YOU SHIPIAN

**万物有诗篇**

[捷克]雅罗斯拉夫·赛弗尔特 等　著　　[捷克]阿道夫·泽布兰斯基　绘
王炜涛　金誉安　译　　　　　　　　　　　　　　版权所有　翻印必究

出 版 人：肖风华

责任编辑：熊　英　许东尧
装帧设计：崔晓晋
责任技编：吴彦斌

出版发行：广东人民出版社
地　　址：广州市越秀区大沙头四马路 10 号（邮政编码：510199）
电　　话：（020）85716809（总编室）
传　　真：（020）83289585
网　　址：http://www.gdpph.com
印　　刷：鹤山雅图仕印刷有限公司
开　　本：710mm×1000mm　1/8
印　　张：8　字　数：60 千
版　　次：2025 年 4 月第 1 版
印　　次：2025 年 4 月第 1 次印刷
著作权合同登记号：图字 19-2024-213 号
定　　价：108.00 元

如发现印装质量问题，影响阅读，请与出版社（020-85716849）联系调换。
售书热线：020-87716172